LE VALET

A TOVT FAIRE.

Farce.

Je suis valet qui sçay tout faire,
Qui ne demande qu'à gaigner :
Si quelqu'vn a de moy affaire,
Me voila prest à besongner.

A LYON,

PAR PIERRE DELAYE.

M. D C VI.

ques effects. Si le ciel conspire contre ma vie et
la vie de mes escrits, vous perdrez mon seruice
et le seruice de mes lettres, mais vous ne perdréz
iamais, le ciel mesme ne le peut, la volonté que
i'ay de demeurer eternellement,

Vostre affectionné amy,

ROC BIEN ACQVIS.

FARCE

DV

VALET A TOVT FAIRE.

—

Personnages.

LE MAISTRE, LE VALET.

Le Maistre.

ENTIL valet, pour la pareille
As-tu ce bouquet sur l'oreille
En volonté de t'acueillir?

Le Valet.

Ma-fe, vous ne sçauries faillir
Que ne soyez bonne personne :
A tous les diables ie vous donne,

Si ne valez autant que luy.

Le Maistre.

Va, va, ie vaux ce que ie puy.
Mais dis moy donc, que veux-tu estre?

Le Valet.

Prestre, non ie ne suis pas prestre,
Ie suis valet pour gourmander.
S'il vous plaist de me commander,
Ie le feray, ie sçay tout faire.

Le Maistre.

Vray'ment i'en auroy bien affaire
De quelqu'vn qui sçeut faire tout.

Le Valet.

Vous estes donc venu à bout
De vos desseins, vous estes riche?

Le Maistre.

Aussi ne serai-ie pas chiche
De recognoistre tes labeurs.

Le Valet.

Mais que vous sçachiez mes valeurs,
Vous m'aimerez bien d'auantage.

Le Maistre.

Conte moy donc en bon langage
De quels mestiers tu sçais vser.

Le Valet.

Les mestiers ne se peuuent vser,
Plus on les porte et plus ils vallent.

Le Maistre.

Ie te dis combien d'arts s'estallent
En ton sçauoir, bref, que sçais tu?

Le Valet.

Ie sçay tout iusqu'à vn festu.

Le Maistre.

Comment tu sçais tout? et quel reste
Laisses tu donc à tout le reste?
Contes le moy par le menu.

Le Valet.

Vray Dieu! ie n'ay iamais cognu
Vn homme qui fust si estrange!
Quel enchantement vous renge
A m'enquerir, vous ne cessez?
Ie sçay tout, n'est-ce pas assez?

Le Maistre.

Mais encore si faut il dire,
Sçauoir, si tu sçais bien escrire?

Le Valet.

Ouy sur le parchemin velu,
Et puis, quand i'ay vn petit leu,
Me faut aller amplement boire :
De quoy i'ay fort bonne memoire,
Ie m'en oublie peu souuent.

Le Maistre.

Tu as ton cerueau plein de vent,
Tu es vn fol pour tout potage.

Le Valet.

Vous estes fol! moi, ie suis sage,
Bon medecin pour ord donner,
Si me voulez de l'or donner,
Ie vas vous chier dedans la gorge
Iusques à ce qu'elle regorge
De tous costez de ce bouillon,

Le Maistre.

Ha! qu'en despit de ce souillon,

Il me fera vuider les tripes!

Le Valet.

Il y en a cheuz Fripelipes,
Comme les vostres, de bon veau :
Il est tout frais, vous tout nouueau,
N'estoit-il point de vostre race?
O n'en faictes point la grimace,
Vous luy ressemblez bien quasi,
Ormis que n'auez pas ainsi
Deux grandes cornes dans la teste.

Le Maistre.

Va, va, tu n'es rien qu'vne beste.

Le Valet.

Ouy, il estoit beste et vous aussi :
Mais laissez moy tout ce soucy
De vous planter ainsi des cornes.
Mortbleu de bois, ie sçay les bornes
Ou elles seront proprement :
Or monstrez moy premierement
Les lieux ou faudra qu'elles sortent.

Le Maistre.

Dieu! si tes dents ne se desportent
De plus parler, ie te feray.

Le Valet.

O i'en ay desia faict l'essay,
Et mesme dessus vostre femme :
Qu'elle iou' bien, la bonne dame,
A l'enuers du luc renuersé!
Si vous sçauiez comme ie sçay
Faire Ianins, ces bonnes bestes,
Qui portent cornes en leurs testes,
Vous vous sentiriez bien heureux
De l'estre faict ainsi comme eux,
Et mesmement de ma personne.

Le Maistre.

Voy-tu bien, faut que ie te donne
Quelques bons coups de ce baston.

Le Valet.

I'y chante fort bien à bas ton,
Escoutez donc : Vt, re, my, fat.
Ce goust est vn petit trop fad,

Faut le saller, sot, la, fat, beste :
C'est assez, faut que ie m'arreste,
Mais suis-ie pas bon musicien?
He! merlieu vous ne voyez rien;
Ie vous en f'ray bien d'auantage.

Le Maistre.

Vois-tu, si ie croy mon courage,
Ie te donray cent coups de poing.

Le Valet.

Rien, rien, i'y scay le meilleur poinct,
Dans vn rien ie vous en desgage :
Que si la ragé vous enrage,
Ie vous coudray dans vn linceul,
Puis ie vous enuoiray tout seul
Boire au fond de la riuiere:
Si vous la beuuez toute entiere,
Vous ne vous y noyerez pas.

Le Maistre.

Sçais-tu bien, tu perds tous tes pas,
Va-t'en cercher vn autre maistre.

Le Valet.

Aussi bien ne veux ie pas estre
Vostre valet, mais si tu veux
Estre le mien, ie fais des voeux
A la Friande ma marraine,
Que tu n'y perdras que ta peine :
Et ie te nourriray si bien
Que tu ne me despendras rien.
Ie te feray faire grand chere,
Et si ne sera pas trop chere :
Depuis le menton iusqu'au bas
Mangeras raisins de cabas :
Et des le nez iusques au feste,
Tu mangeras la bonne feste
Du double-ieusne à tous les iours.

Le Maistre.

Per diem, tu continu' tousiours
En la façon de tes folies;
Bien, ie les trouue assez iolies,
Ie me veux rire auecques toy;
Pousse donc, ie t'en donne loy.

13

Le Valet.

Quant à la loy, ie la sçay toute,
Et voire da, quand ie m'y boute,
Ie visite bien vn proces,
Et en dis tost tout le deces :
Dis ie sucez à ma commere,
M'am', luy dis-ie, vostre affaire
Est bien brouillée dans vostre sac :
Il me le faut tout mettre à sac,
Et le vuider bouche aculée.
Puis, quand ie vous l'ay reculée
Contre vn banc, ie l'y iette tost,
Ie la trousse de bas en haut :
Voyant le sac ou faut la piece,
Ie l'y mets roide, et bien, qu'en est ce?
Vn bon proces n'est pas parfaict
Ni ne sçauroit estre bien faict,
S'il faut la piece principale.

Le Maistre.

Rien en ce monde ne t'esgale
En bon esprit, en bon sçauoir :

Mais aurois tu bien le pouuoir
De dire vne bonne parolle.

Le Valet.

Vne pucelle de Marolle,
C'est vne garce en bon françois.

Le Maistre.

Ce n'est pas ce que ie voulois :
Sçais tu bien courtiser les dames ?

Le Valet.

O que ie leur conte mes flames
D'vne braue et neuue façon !
En leur disant vne chanson,
Ie les rends toutes fretillardes ;
Puis en leurs menotes mignardes,
Ie coule mon petit mignard
Qui, galand, chaud et fretillard,
Chatouille leurs ieunes pensées
Du desir d'en estre pansées :
Ayans pitié de sa roideur
Luy communiquent leur froideur :
Les effects que ainsi on colle

Sont bien meilleurs que la parole.
I'aime bien mieux le faire ainsi
Que de charger tant de souci :
Ie vuide par le bout du ventre
Tout l'amour qui par les yeux m'entre,
Et ne fais point du langoureux.

Le Maistre.

Et bien, tu es braue amoureux :
Poursuis tes coups, vne entreprise
Ne vaut rien, si elle n'est mise
En son vray but ou elle tend.

Le Valet.

Ie ne sçay comme tu l'entends.
Ie suis docteur en medecine :
Si tu veux chier de merde fine,
Vas aualer vn bon bolus
Bien destrempé dedans le ius
De bon gayac reduict en poudre.
Puis apres, pour bien t'en resoudre,
Prens de rubarbe vne once ou deux;
Et si tu n'en deuiens foireux,

Tu seras bien dur de ton ventre :
Et sera force qu'on t'esuentre
Pour arracher ce constipé.
Mais veux-tu voir vn *recipé*
Que ie fis hier à ma maistresse?
Pour ce qu'en luy faisant caresse
Elle estoit iaune comme l'or
Et l'est comme de cire encor,
Ie croy que c'est de la iaunisse :
Pour bien remettre le delice
De vostre amoureuse beauté
En sa plus belle integrité,
Recipez à minuit, mignonne,
Le clistere que cy i'ordonne,
Et six pillules de pur sang
Que l'on aura rendu tout blanc
A fine force de le batire
Par vn reciproque combattre :
Et sans ailleurs plus voyager,
Vous sortirez de ce danger.
Mais ie vous prie que i'ordonne,

sans ceinture : Deux Laisse tout faire, ou petits
Tabliers : un tout uni, et l'autre en falbalat. Un
Corselet à lacer devant, avec le petit Jupon qui
se met dessus : Une Robe de chambre négligée :
Trois Manteaux de Satin , un par fleurs, l'autre
de Taffetas bleu , et le dernier incarnat. Trois
Jupes, une violette, l'autre rouge, et la der-
niere de feüille morte : Deux Echarpes , une en
falbalat, et l'autre toute unie. De plus, voici le
plus beau Linge qui se puisse voir : Trois Che-
mises : Trois paires de Manchettes : Trois Mou-
choirs, et trois Fichus de soïe de diverses cou-
leurs : Enfin, pour achever de vous rendre parfai-
tement bien habilléc, admirez ces bas de soïe de
bleu mourant, je ne croi pas qu'ils ayent jamais
servi ; Voici des Souliers et des Pantouffes garnis
de rubans et de galons d'or, des Gans, un Man-
chon et un Eventail : Ce qui fait l'accomplissement
de tous les ornemens qui vous sont nécessaires
pour paroître dans le monde selon vôtre desir. Et
avant qu'il soit un an., vous prendrés le Loup.

CATTELOTTE, admirant ses habits.

Ah! Monsieur Juif, je croi que je vai vivre
de l'air; toute cé biautais là me vont nourir,
pourvû que no m'apelle Madame de La Quiole.

MONSIEUR JUIF.

Pour vous faire apeler souvent Madame de La
Quiole, il se faut trouver le plus que vous pour-
rez dans les promenades, dans les ruës et dans
les places publiques.

COLETTE L'ÉBREUILLUE, voyant son Maître habillé.

Note Maîtresse, note Maîtresse, vaïé un ptiot
note Maître, aveu su bel habit. Si vo le voiyés
comme cha Dimanche, à Saint Vivien, qu'il cret
un furieux liron de pain benit.

CATTELOTTE.

Va, va, tay, tay, y n'yra pas seulement faire
comparaison aveu lé Tresoriais.

MONSIEUR JUIF.

Madame, pendant que vous allés vous habil-
ler, je vai faire faire l'exercice de gens de qualité

à Monsieur vôtre Epoux, il est nécessaire qu'il le sache.

CATTELOTTE.

Ecoute bien Monsieur Juif, Nicodême.

MONSIEUR JUIF, parlant à La Quiole.

Monsieur, faites quatre pas à droit autour de la table, et j'yrai à gauche à vôtre rencontre, pour vous aprendre la maniere de saluer un bonnête homme, ou qui que ce soit : Marchez à moi aussi.

LA QUIOLE, parlant à Monsieur Juif.

Monsieur, de tout mon cœur, je suis vote Valet. Vo porté vou bien ?

MONSIEUR JUIF.

Monsieur, faut quitter ce langage grossier. Dites, s'il vous plaît : Monsieur, je suis ravi de vôtre rencontre ; comment vous portez-vous ? Mais toutefois vous aprendrez assez bien à parler par la fréquentation des Sçavans : C'est assez que d'en sçavoir faire les gestes.

Dans ces palais sont les arrois
De tout ce qui sert à la vie.
N'acquiers tu point aussi d'enuie
D'aller essayer quelque iour
Comme il y faut faire l'amour ?
Ne sçais tu rien par quoy tu puisse
Estre reçu en leur seruice ?
Ne sçais tu rien faire en ces cours ?

Le Valet.

Ie croy bien, les iours seroient cours
Pour te conter ma grand' science.
Or ie sçay tout faire, et si en ce
I'ignoroy tout ou mesme quelque poinct,
Toutes choses ne sçauroy poinct.
Il n'est homme plus propre à faire
Seruice aux grands en tout affaire
Que ie le suis et le seray,
Alors qu'on en fera l'essay.
Faut-il aller en sentinelle
Pour escouter quelque nouuelle,
Me voila prest au premier vent.

Le nez à l'air, ie vas suiuant
Au trac quelque haute entreprise,
Tant que ie l'aye toute aprise,
Fust-elle au fin fond de l'enfer
Ou dans vn roc muré de fer.
Ie vas descouurant les pensées
Auant mesme que soient pensées :
Tous les secrets me sont ouuerts,
Les plus cachez plus descouuerts.
Faut-il faire vn maquerellage?
A faire vn bagos ie fay rage
En fournissant quelques moyens,
Ie sçay trouuer mille moyens
Pour corrompre les chambrieres
A m'ouurir les portes derrieres,
Et m'introduire ou mes saincts voeux
Me font porter quelques cheueux,
Et quelques mots que l'amour dicte
A ces amans de grand merite.
Là par mille moyens diuers
Ie les fais choir coac à l'enuers,

pour vous en éventer, ou pour voir avec admiration les faits merveilleux de Pentagruel et de Gargantua qui sont representés dessus. Marchez, je vous prie, afin que je sois le premier admirateur.

COLELTE L'ÉBREUILLUE, parlant à Monsieur Juif.

Ah! Monsieur, y me fallet étout un Eventail, si j'en avois un, j'en ferois sortir pu de vent qui n'en faudret à un Moulin pour moudre chent chinquante boissias de blay. N'importe, san cha, pourtant regardé mai étout, Monsieu, si vo plaît.

MONSIEUR JUIF.

Va, ma grosse Dondon, je ne puis contempler l'une que je ne contemple l'autre, et que je n'avouë que nôtre profession de Fripier est la seule qui tire les gens du néant et des ténèbres pour les rendre plus éclatans que le Soleil.

MONSIEUR DÉPLAIT, parlant avec les Records.

Me voilà bien venu, la Chambre de notre gaillard est bien ornée aujourd'hui : Lequel des deux prendrai-je pour Nicodéme la Quiole.

LA QUIOLE, parlant bas.

Je ne pâle point aveu lé z'abits que j'ai boulais.

MONSIEUR DÉPLAIT, parlant à Monsieur Juif.

C'est toi, sans doute, l'autre n'a pas l'apparence d'un Savetier. Je te fais commandement de me le dire; Grippe-Colet et Croque-Tout, saisissez-vous de leurs personnes.

GRIPPE-COLET.

Monsieur, je tiens le mien aux Culottes.

CROQUE-TOUT.

Monsieur, je tiens l'autre au Colet.

MONSIEUR JUIF.

Quoi, Messieurs, un Maître Fripier n'est pas un Savetier. Est-ce qu'ordinairement les Fripiers payent les dettes des Savetiers?

MONSIEUR DÉPLAIT.

C'est ici sa chambre et ses meubles, point tant

de raisons. Il me faut presentement païer la somme de trois cens deux livres, un sol, six deniers, en vertu de Sentence Criminelle, dont je suis porteur, requête de très-honnêtes filles, Petrine Alecton, Lisette Tysiphon et Lucette Megere, pour avoir été par ledit Nicodême la Quiole grievement offensées et blessées, tant de coups de main que de langue, dans l'illustre et fameuse assembléé de S. Agnen, le premier jour de May de l'année presente : et pour cet effet vous garderez tous deux la prison jusqu'à fin de payement.

CATTELOTTE.

Harau, harau, harau : A l'aide, à l'aide, à l'aide, mé vésins, mé vésins, mé vésins, secouré mai, si vo plaît.

MONSIEUR DÉPLAIT.

Quies-tu toi qui cries ainsi ?

CATTELOTTE, en pleurant.

Je suis Cattelotte, femme de Nicodême la

Quiole, ayé pitié de nou je vo s'en prie.

MONSIEUR DÉPLAIT.

Lequel des deux est ton Mari?

CATTELOTTE.

Hé, chest su bel empurruquay, Monsieur Déplaît.

MONSIEUR DÉPLAIT.

Quelle surprenante métamorphose! qu'un Savetier et une Savetiere soient en cet équipage.
Hé! que ne parle-t'il ton Mari?

MONSIEUR JUIF.

Monsieur, c'est que son discours ne pouvant
correspondre à la dignité de son habit, il vous
auroit fait connoître d'abord qu'il est Nicodéme
la Quiole. Mais, Monsieur, sachez qu'ils m'ont
fait venir ici pour leur vendre ces habits qu'ils
ont encore sur le dos, et qu'ils sont à moi. Je
vous prie de me les rendre comme une chose
qui ne vous doit rien, n'ayant pas reçû un double
de leur argent.

MONSIEUR DÉPLAIT.

Quand je serai payé tu auras le reste. Allons,
vite de l'argent, ou garder la prison.

CATTELOTTE, parlant à Monsieur Déplaît.

Hé, men bon Monsieu, ne mené point Nico-
dème en prison, j'aime mieux vo payé de l'argent héritai de sa tante, et no laissa de repos :
Vela trois chens deux livres un sou six deniais,
et que je ne vo pisse jamais vais.

MONSIEUR DÉPLAIT.

Ce n'est pas assez : il me faut deux écus pour
ma course, et un pour mes Records.

CATTELOTTE.

Pis que vo lé fas, men cher homme de bien, lé
véchite : Que note tante a eu là de plaisans héri-
tiais! Velà la succession allaiye o piautre, et
note Noblesse étout. Adieu, Monsieu Déplaît,
Monsieu Gripe-Colet et Monsieu Croque-Tout,
vo no zavé bien poussai à bout.

MONSIEUR JUIF, parlant aux Quiolards.

Ça, ça, Canailles; qu'on se dépouille promp-
tement, et qu'on me rende ma Marchandise;
c'est bien à vous à vouloir égaler les personnes
de mérite.

CATTELOTTE.

Tredame, que vo z'éte rude à povre gens, et
reprené les vos haillons.

MONSIEUR JUIF.

Qui est-ce qui me payera le tort et la propha-
nation de mes habits; ayant été portez par des
gens d'une condition si basse et si mécanique?

CATTELOTTE.

Aga tien, su chien de Guenon! hé, qu'est-
che qui te fas pour cha? chinc sou.

MONSIEUR JUIF.

Cinq sol, vieille éfrontée. Ce n'est pas pour
la peine d'en tirer les pous, dont ils ont été
remplis en si peu de tems que tu les a portez.

CATTELOTTE.

Va, va, tay, tay, s'il y a dé pous, chest dé tiens; si j'avon de la povretai, j'avon l'honneur et la povretai.

MONSIEUR JUIF, courant après Monsieur Déplaît.

Monsieur Déplaît, Monsieur Déplaît, remontez, s'il vous plaît. Je me veux plaindre à Justice.

CATTELOTTE.

Ah! men povre Monsieu Juif, pardonné mai, je vo s'en prie; laissé allé cé gens-là hors d'ichite, que je lé revaïe jamais, j'aime mieux vo bailler ving-chinq sou pour vote salaire.

MONSIEUR JUIF.

Il me faut un écu blanc, ou je le mettrai tout presentement après vos trouces.

CATTELOTTE.

Pis que le fas, y le fas, je n'ai pú que l'y: j'aime mieux vo le bailler, et ne vo pu revais tretous ichite. Adieu l'argent de la Tante, un Sergent, deux Records et un Juif l'ont emportay.

COLETTE L'EBRUEILLUE.

Et mai n'en orai-je rien, pour vo z'avé servis si fidellement.

LA QUIOLE, prenant son tire-pied.

Chienne de solarde, tu as mangeai pu de chent écu du bien de ma Tante, quant tu la gardais malade, que veux-tu davantage, si che n'est dé coups de mon tire-piay? Atten.

COLETTE L'EBREUILLUE.

Chien de gueu, diable de quenichon, est-che comme cha que tu no paye? Va, je t'étranglerai de mé propre dais, quan tu criras té vieux souliais.

CATTELOTTE.

Laisse-la aller, Nicodême, laisse-la aller ste diantre de gueule, à no z'envairet encor queuque sergent.

LA QUIOLE.

Maugré bleu de la Succession. San cha je n'érions jamais vú de sergent à note buche. O

cha, n'importe, Cattelotte, quitton la qualitay
de Monsieu et de Madame La Quiole, no se
passe mieux de cha que de pain, et no réjoüis-
sons que note richesse n'a point durai pu long
tems ; car j'eussions ressemblay pût être à la
Grenouille d'Isope, qui s'enflit tant pour devenir
aussi grosse que son compere le bœuf qu'à cre-
vit sur le pray pu réde qu'un bâton. C'est pour-
quoi, reprenon gayement note Chavate, note Tire-
piay, note Forme, note Alene, note Bois et note
Soye, et resiflons la Linotte mieux qu'antan.
Adieu toute note Mousse, a l'étet venuë de floc, a
s'en est retournaye de maraye. Y ne no reste pu
que le garcu à ma tante : garde-lai pour té bonnes Fêtes, Cattelotte, et mai pour en avez mé-
moire, je veu toujou dire en tirant men ligneul
à dret et à gauche, ste Canchon de mai même :

Sur l'air lamentable de la Boise.

Vené z'écouter me z'amis,
Le mal'hu o je me si mis,

En gestant Gestes en gesture,
Me vela prins dans le gluel,
Tout comme on prend un Oisel.
Qui cherche à plucoter du feure.

A su Matin j'étais Milourd,
A su say je suis gueu tou court,
Et reprens ma pauvre chavate,
Souvent quand je penson monter,
Je no vaiyon dégredoüiller,
Du haut en bas comme une Cate.

Tout me n'héritage j'ai vû
Couler comme beure fondu,
En bien mains de tems que j'en pâle;
Je n'ai pu qu'un vieux paillasson,
Pour me couché tou de m'en lon,
Anchite qu'un Viau qui s'étale.

FIN.

Cette Farce des Quiolards est la vérité du Proverbe Italien qui suit :

Chi fa ch'il non deve,
C'intervien quel che non crede ;

Expliqué en nôtre Langue :

Celui qui fait ce qu'il ne doit,
Voit arriver ce qu'il ne croit.